TRADUCIDO POR ENRIQUE MONTES

El Niño Nuevo

por Katie Courie

Ilustrado por Marjorie Priceman

DOUBLEDAY

NEW YORK   LONDON   TORONTO   SYDNEY   AUCKLAND

Para Jay Monahan,

cuyo cariño y bondad nos guían y sostienen todos los días

Queridos lectores:

Como madre que observa como crecen sus dos hijos, muchas veces me vienen a la mente las difíciles lecciones que aprendimos durante nuestra niñez . . . que a pesar de lo cariñoso y maravilloso que son los niños, muchas veces pueden ser muy crueles. La bondad es algo que se puede aprender puede y seguro que todos podemos hacer una mejor labor enseñando a nuestros niños a ser más tolerantes y respetuosos. Como periodista, me he quedado sorprendida de los horribles incidentes de violencia escolar que ocurren cuando los chicos se sienten aislados y marginados. Yo espero que *El niño nuevo* les dé la oportunidad de comenzar el diálogo acerca de la importancia de la compasión y el respeto en la vida cotidiana. Seguro que todos hemos conocido a alguien como Lazlo. A veces hace falta coraje para ayudar a alguien, pero espero que este cuento pueda servir de inspiración para que algún jovencito se sienta un poco menos miedo y con un poco menos solitario.

Katie Couric

Ellie McSnelly y Carrie O'Toole corrían sin cesar.
Era el primer día de clase, ¡estaban locas por comenzar!
También se preguntaban qué les esperaba.
¿Será un buen año escolar? ¿Qué aula les va a tocar?

Con los dedos cruzados, la lista fueron a investigar.

Ante una gran mesa tuvieron que pasar.

Estar en la misma clase, era su mayor deseo.

—McSnelly… la 240. O'Toole… no te veo.

—¡Ay, aquí estás! ¡qué maravilla!

¡En la 240 también…! Daban gritos de alegría.

La Srta. Kincaid iba a ser este año su maestra.

En el segundo grado mejor que ella uno no encuentra.

Se sentaron rápidamente y la Srta. Kincaid pasó la lista.

Emily Allen (¡presente!), Tyler Antole (¡aquí señorita!)

Peter Barinsky, Raquel Brooks (¡también presente!)

Llamó todos los nombres, no encontró a nadie ausente.

Luego miró al alumno que no estaba en el registro.
Era un niño que los alumnos nunca habían visto.
—Su nombre es poco común, se llama Lazlo Gasky,
y hoy es su primer día en el pueblo de Delasky.

—Démosle la bienvenida, ayudémosle en su primer día.

Pero todos voltearon la cabeza y lo miraron fijamente.

Llamaba mucho la atención por su aspecto diferente.

Su pelo era tan rubio y tan blanco que les parecía muy extraño.

Sus ojos eran muy azules, sus labios de un rosado fuerte.

Bajó la cabeza, su cara nadie podía verle.

Primero parecía tranquilo, pero de repente dio un alarido.

—¡¡Hola!! Su voz salió tan alta que Ellie metió un grito.

¡Cómo se burlaron! Este niño nuevo no fue muy bien recibido.

Una pena que por sus compañeros, Lazlo no fue bienvenido.

—Atención clase —dijo la Srta. Kincaid con estricta voz.
Con su tiza blanca y nueva, a la pizarra se volvió.
—Ahora en los estudios hay que concentrarse.
"Bienvenidos a Brookhaven" escribió con letras grandes.

Abrieron libros y cuadernos, la maestra sentó las normas.

Pero la mañana entera se la pasaron mirándolo de mala forma.

A la hora de educación física, formaron dos equipos.

Pero en el juego de pelota, jugar con Lazlo nadie quiso.

En la cafetería, Ricky Jensen, que se creía la gran cosa, provocó la risa de todos, cuando le dijo: —¡Hola idiota!

Y cuando Lazlo con su bandeja pasó,
un chico lo hizo tropezar, su comida volando salió.
Al verle la cara, todos se quedaron pasmados,
el pobre niño nuevo con papas fritas y ketchup por todos lados.

¡Qué semanas tan solitarias para este niño nuevo!
Este cambio de escuela no fue nada bueno.
Todos se reían de él, de lo que hacía o decía.
Se quedó cabizbajo, defenderse ya no quería.

Mientras Ellie salía de la escuela un día,

se encontró con una señora de apariencia cansada.

No tardó mucho en darse cuenta de su triste mirada.

—¿Quién es esa? —a su buena amiga le preguntó.

—La mamá de Lazlo —Susie contestó.

—Él tiene problemas, a clase no debe volver.

Esta escuela no le conviene, ella no sabe qué hacer.

Ellie se quedó mirando a la Sra. Gasky mientras salía.

Pensó en lo triste que madre e hijo estaban.

¡Qué mala la injusticia que sus compañeros causaban!

Se dio cuenta del atropello; se preguntó si había solución,

o si podía hacer algo para cambiar la pesada situación.

—¡Tengo una idea magnífica! —Ellie exclamó.

—Lo voy a invitar a jugar a su casa o a la mía.

Al día siguiente a donde Lazlo se dirigió.

—¿Te gustaría venir a jugar al fútbol algún día?

—¡A mi casa te invito! —sorprendido respondió.

Por primera vez en mucho tiempo con una sonrisa contestó.

—¡Buena idea! ¿Qué día quieres?

—Pues el jueves si tu puedes.

Fueron caminando a la casa con libros en brazos,
Pasaron un par de granjas, praderas y campos.
Al llegar a la puerta fueron recibidos por su perro.
¡Y la Sra. Gasky los esperaba con un pastel fresco!

—¿Sabes jugar al ajedrez?

—No, lo he jugado una sola vez.

—No hay problema… ¡jaque mate!

¡Con tanta diversión formaron un desastre!

PRIVADO

Al terminar la tarde, Ellie exclamó: —¡Cómo me divertí!
Lazlo se sonrió y contestó: —Tanto te agradezco
que hayas venido a jugar hasta aquí,
de que seamos amigos me siento muy feliz.

Al día siguiente las preguntas de los niños no fueron pocas,

—Te vimos hablando con Lazlo, ¿no te habrás vuelto loca?

Ellie contestó: —Ahora que lo conozco, bien me he dado cuenta.

Es buenísimo jugando al ajedrez, y su mamá es más que atenta.

El niño nuevo no es ni extraño ni diferente.

Y jugando al fútbol no hay quien le ponga un pie en frente.

Puede que su apariencia sea extraña y que tenga cierto acento;

jueguen con él y cambiarán de opinión, segura estoy yo de esto.

Carrie estuvo pensando y tomó una decisión de prisa.

Al llegar Lazlo, lo recibió con una gran sonrisa.

—¡Hola Ellie! ¡Hola Lazlo! ¿Quieren jugar?
Y en este hermoso día decidieron compartir y disfrutar.

Publicado por Doubleday
una departamento de Random House, Inc.
1540 Broadway, New York, NY 10036

Doubleday y el símbolo del ancla con el delfín son marcas registradas de Doubleday,
un departamento de Random House, Inc.

La data de publicación y catálogo está en el archivo de la Biblioteca del Congreso.

ISBN 0-385-50199-4

1 3 5 7 9 10 8 6 4 2